和风一起散步

熊亮 著绘

天津出版传媒集团

天津人民出版社

如果一片原始山林数百年间未受惊扰，未被砍伐和迁移，就会产生"木客"——他们是一群小小的人。

　　郭仲产《湘州记》有云，无论老幼，木客的形体看起来都像是小孩，唱歌和哭笑的声音也和我们相仿，只是非常非常小。

　　木客的起居行踪隐现难测，所以很难被人发现。听说他们精于手艺，住处装饰得极为精巧特别，也从未有人见过。

　　这样的小人，世界上有很多很多。

　　如果你没见过，可能是他们躲起来了，可能是你们感觉不到他们。

风，悄悄起来了。

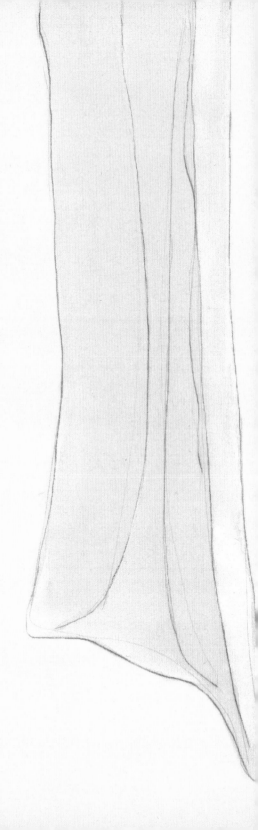

风摸摸小木客的脸，在耳边轻轻吹：
"快起来……快起来……我陪你出去散步。"

小木客迷迷糊糊地说：
"才不要呐，我还没睡醒呢。"

可是，风才不管那么多，
一下子卷跑了他的小橘帽。

风滚帽，骨碌碌，
小木客追来追去，
怎么也够不着，总是差一点儿。

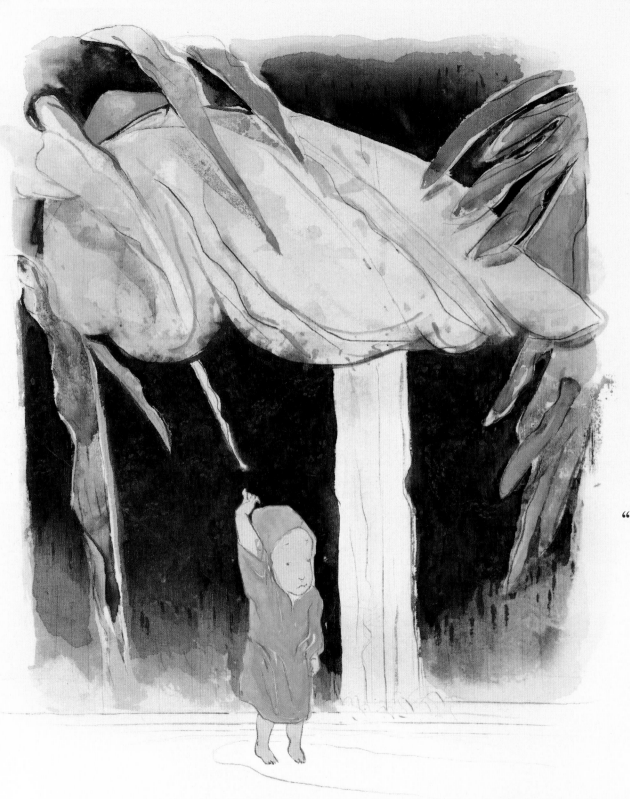

"我的帽子呢？"

一阵风吹来，
小橘帽落下。
"噗"的一声
正好扣在小木客头上。

风："好了，现在我们
可以一起去散步啦！"

"我可没想去散步！"

风也不说话，
在涟漪上拨弄浮萍。

聚涌起来像一艘小船，
一下子把小木客抬了起来。

沿着溪谷，起起伏伏、跌跌落落、弯弯曲曲进了山谷深处。

风跑到山洞前，
转着圈呼啸："起来啦！——"

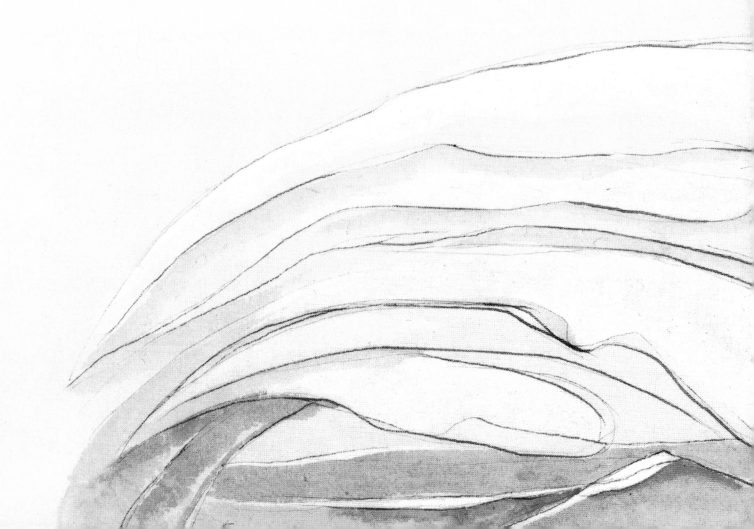

大熊跑出来大吼："我们还没醒呐！
你把我的小熊都吵醒啦！"

小木客：

"不不不……不是我！"

风说："别解释了，
快跑吧！我陪你一起！"

小木客：
"哎呀呀，真不是我！"

嗖……

安静的湖面上，大鹤呆立着，
享受头脑放空的时刻。

风起来了——

"不是我干的！"

咻……

"不是我干的！"

大青石上，
老木客、庆忌小人和菌人们
沐浴着清晨的阳光。

小鸡停下啄土："嘘，听！好像要……"

"不是我干的！"

"起风啦——"

唰……

高高的松柏树上，猴子们正在酣睡，
群鸟栖息，老鹰独个儿立在枯枝尖。

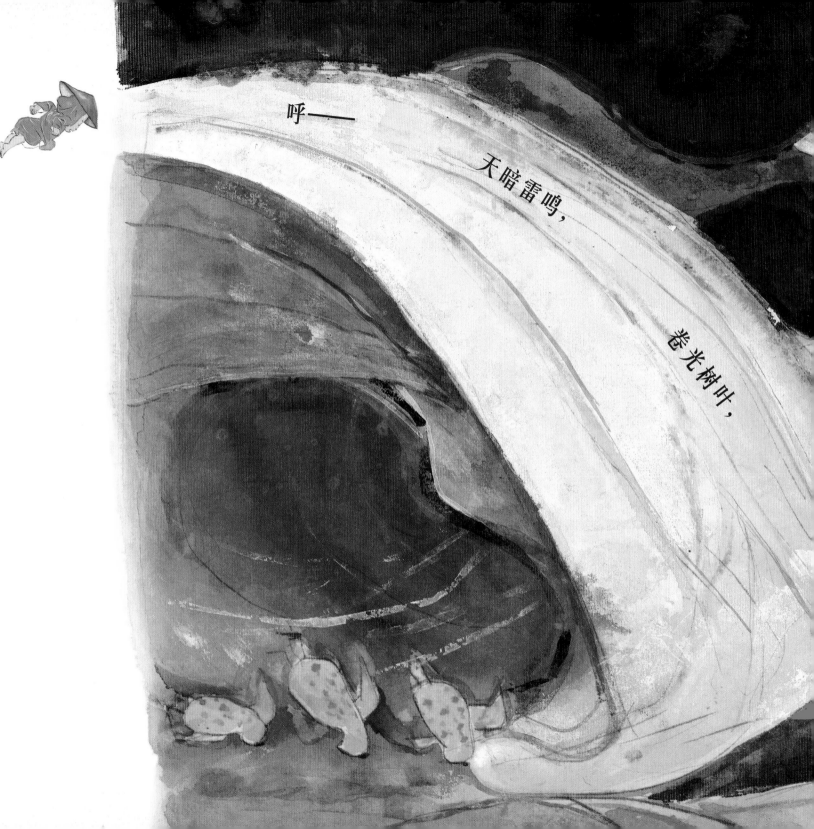

呼——

天暗雷鸣，

卷走树叶，

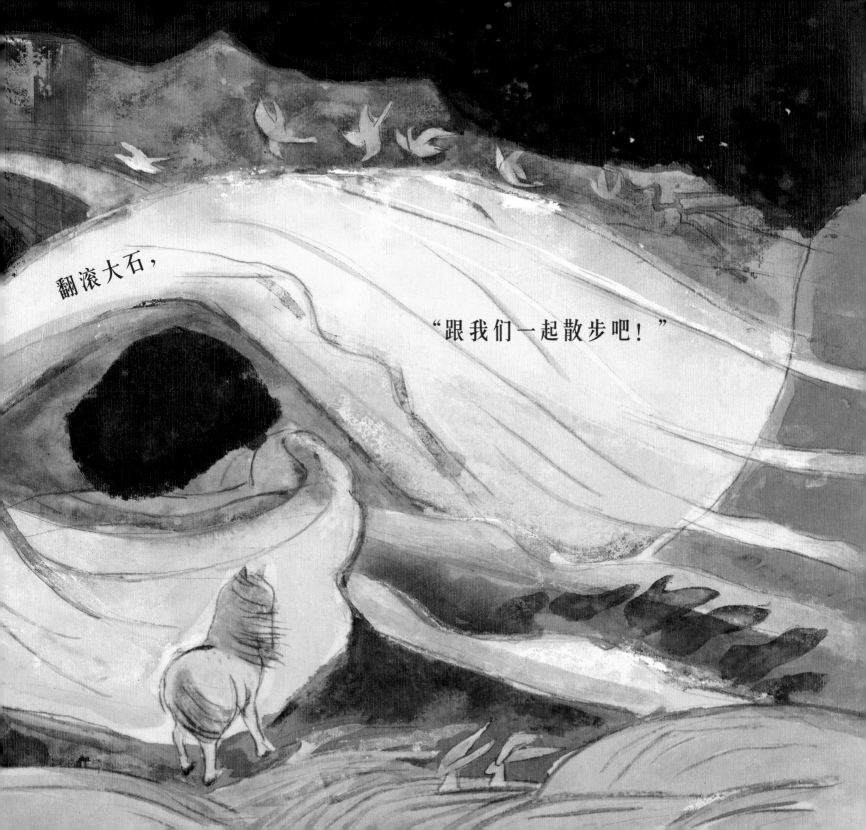

翻滚大石，

"跟我们一起散步吧！"

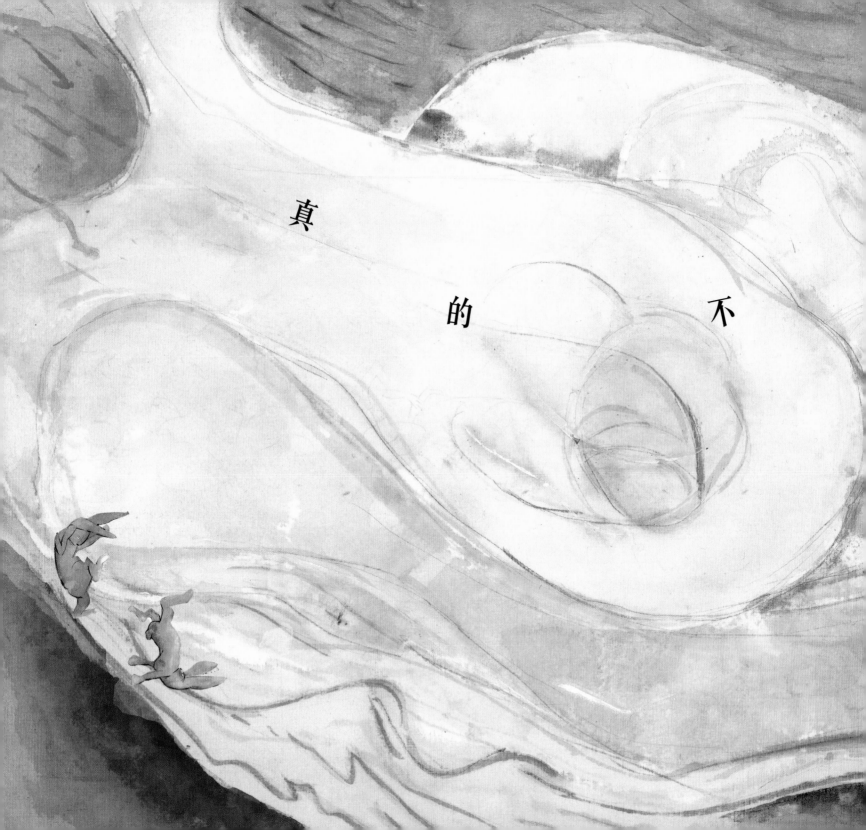

真 的 不

翻过山坡，
风和小木客都累坏了。

"停！刚才那样太没有礼貌啦！
静下来，静下来，对！就这样，听我的话，
接下来你就跟在我后面慢慢散步。"

漫天的落叶和灰尘都静下来，云层、光线一切清明，
大风变成微风，跟在小木客后面慢慢逛荡。

现在，风不大不疾刚刚好，
轻轻推开一扇木门，跟着雏鸟排队穿过花园，
轻拂花叶，拨动溪流，把风筝鼓上天，
让大雁队伍间的气流变得稳定。

和风一起散步，不知不觉来到回家的路上。

风沿着小路，吹进房间，拨开窗帘。
小橘帽仍好好地挂在床头。

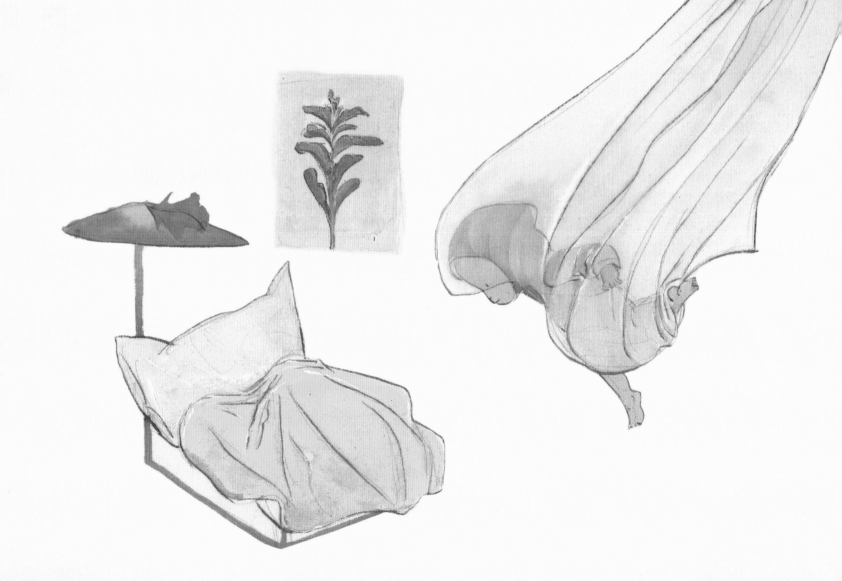

夫风生于地，起于青苹之末。侵淫溪谷，盛怒于土囊之口。缘泰山之阿，舞于松柏之下，飘忽淜滂，激飐熛怒。耾耾雷声，回穴错迕。蹶石伐木，梢杀林莽。至其将衰也，被丽披离，冲孔动楗。眴焕粲烂，离散转移。故其清凉雄风，则飘举升降，乘凌高城，入于深宫。邸华叶而振气，徘徊于桂椒之间，翱翔于激水之上。将击芙蓉之精，猎蕙草，离秦衡，概新夷，被荑杨。回穴冲陵，萧条众芳。然后徜徉中庭，北上玉堂，跻于罗帷，经于洞房，乃得为大王之风也。

战国宋玉《风赋》

熊亮

作家、画家、绘本艺术家。

推动中国原创绘本发展的先锋和导师，作品被翻译和在海外获奖最多的中国绘本代表作者。

第一个在中国提出和推动绘本"纸上戏剧"概念，其绘本立意根源于中国传统文化和东方哲学；画面注重线条和墨色感；

但结构和语言表达却不受传统束缚，现代、简练、纯真，有着独特的幽默感和诗意；

能轻易被孩子、甚至不同文化的读者理解，极富情感表现力。

历年奖项

2005 年 《小石狮》获中国时报"开卷"最佳童书。

      台湾诚品书店年度十大好书之一。

2007 年 《长坂坡》（猫剧场）获中国时报"开卷"最佳童书，

      获 AYACC 亚洲青年动漫大赛最佳作品奖，获 17 届"金牛杯"美术图书银奖。

2008 年 《家树》获台湾"好书大家读"年度最佳童书。

      《荷花回来了》获"中国最美的书"。

2011 年 《长坂坡》（猫剧场）获第七届中国国际动漫节"金猴奖"，

      获中国漫画作品大奖和最佳漫画形象奖两项大奖。

2012 年 《武松打虎》（猫剧场）入选"中国幼儿基础阅读书目"。

2014 年 获国际安徒生插画奖中国区提名。

熊亮·中国绘本

《和风一起散步》

《小石狮》

《兔儿爷》

《灶王爷》

《小年兽》

《屠龙族》

《武松打虎》

《长坂坡》

《梅雨怪》

《金刚师》

和风一起散步

项目统筹｜应　凡	产品经理｜茅　懋
封面设计｜董歆昱	内文制作｜何　姝
后期制作｜顾逸飞	媒介经理｜景诗佳
责任印制｜梁拥军	出 品 人｜路金波

谢谢。您选择的是一本果麦图书

诚邀关注"果麦文化"微信公众号

图书在版编目（CIP）数据

和风一起散步 / 熊亮著绘. -- 天津：天津人民出
版社, 2016.12
ISBN 978-7-201-11039-4

Ⅰ.①和… Ⅱ.①熊… Ⅲ.①儿童故事－图画故事－
中国－当代 Ⅳ.①I287.8

中国版本图书馆CIP数据核字（2016）第268850号

和风一起散步
HE FENG YIQI SANBU

出　　　版　　天津人民出版社
出　版　人　　黄　沛
地　　　址　　天津市和平区西康路35号康岳大厦
邮 政 编 码　　300051
邮 购 电 话　　022-23332469
网　　　址　　http://www.tjrmcbs.com
电 子 信 箱　　tjrmcbs@126.com

项 目 统 筹　　应　凡
产 品 经 理　　茅　懋
责 任 编 辑　　张　璐
特 约 编 辑　　温欣欣
封 面 设 计　　董歆昱

制 版 印 刷　　北京尚唐印刷包装有限公司
经　　　销　　新华书店
开　　　本　　710×1000毫米　　1/12
印　　　张　　4
印　　　数　　1-14,000
插　　　页　　4
字　　　数　　50千字
版 次 印 次　　2016年12月第1版　2016年12月第1次印刷
定　　　价　　39.80元